Daniela Perelli

Billy & Holly & Noi = Amore

Romanzo

1

BILLY + HOLLY + NOI = AMORE

Edizione cartacea 2016

Sinossi:

Giulia e Gabriele sono una giovane coppia che scoppia…

Stanno insieme da quando sono poco più che bambini: hanno condiviso ogni esperienza, ogni bacio, ogni sensazione…Fino a che un giorno cominciano a capire che forse non sono più destinati a stare insieme. Qualcosa si è spezzato tra loro e non riescono più a tornare indietro. A quei momenti in cui non respiravano l'uno senta l'altra.

Un pomeriggio come un altro, inaspettatamente si ritrovano entrambi di fronte alla porta della loro casa, decisi una volta per tutte a lasciare: Gabriele con in braccio Billy, il gatto tigrato della loro vicina, e Giulia con in braccio Holly, una barboncina nera come pece abbandonata davanti al canile. Dopo un attimo di perplessità ed esitazione, capiscono che i loro nuovi amici a quattro zampe metteranno ancor più sottosopra le loro giornate. Ma soprattutto consapevoli che non si torna più indietro. Billy e Holly non torneranno di certo da dove sono venuti…

Una storia di fantasia ispirata a fatti quotidiani.
Una storia d'amore, amicizia e fedeltà.

Indice dei capitoli:

"La compassione e l'empatia per il più piccolo degli animali è una delle più nobili virtù che un uomo possa ricevere in dono"
Charles Darwin

A Billy…

Capitolo uno
Il caffè della domenica mattina

Il caffè della domenica mattina a casa della signorina Sibilla era un'abitudine.

Questo piacevole rito continuava ormai da un anno, da quando l'anziana signora cominciò a manifestare i primi sintomi dell'alzheimer. Gabriele e Giulia non se la sentivano di lasciarla sola e, siccome non era mai stata sposata e non aveva mai avuto figli, si sentivano responsabili. Sibilla era una donna piuttosto benestante, aveva una infermiera dolce e gentile che si occupava di lei ogni giorno, ma l'affetto dei cari sarebbe stato ben più importante di qualsiasi altro aiuto e i due ragazzi lo sapevano bene. Si erano trasferiti in una di quelle villette a schiera costruite appena fuori Acqui Terme, cittadina piemontese. Un posto tranquillo, forse troppo, ma a loro piaceva. Se poi per vicina ti trovavi la signorina Sibilla, un'anziana simpatica e arzilla, un po' invadente ma non troppo, e il suo gatto tigrato

Billy, giovane e vivace adottato al gattile, il quadretto era a dir poco perfetto.

Peccato che nel giro di pochi mesi, quella terribile malattia colpì la simpatica vicina, provocandole vuoti di memoria e difficoltà nell'eseguire le solite incombenze giornaliere, sempre più frequentemente. Ma non quei giorni particolari: quelle domeniche mattine durante il loro caffè. In quei momenti era inspiegabilmente sempre lucida.

Come oggi, solo che Gabriele era da solo. Lui e Giulia si stavano lasciando. Non andavano più d'accordo da molto tempo. Erano troppo giovani, o forse semplicemente non erano fatti l'uno per l'altra. Insomma: quei litigi erano diventati ormai insopportabili. Giulia quella mattina non era presente, sarebbe passata in un altro momento, aveva bisogno di stare un po' da sola. Stavano ancora pagando il mutuo, avevano deciso di vendere la loro casa, nella speranza di non metterci mesi, o forse anni. Non avevano altra scelta. Erano decisi a lasciarsi. In quei momenti però l'unica cosa a cui entrambi riuscivano a pensare, era al loro cuore spezzato. Erano sempre stati affiatati, innamorati! Come erano finiti così?

«Voi giovani ne combinate di guai» affermò Sibilla, come se gli avesse letto nel pensiero, e poi continuò, «ma vedrai che sistemerete le cose! Dovete solo capire di aver sbagliato entrambi e imparare ad affrontare i sacrifici. Siete due adulti, insomma!» E Gabriele lo sapeva bene, ma il lavoro di lui spesso lo portava a stare fuori casa per giorni. Era un fotografo professionista. Aveva un suo negozio, che gestiva con il padre. Si occupava soprattutto di fotografie destinate a cataloghi e libri.

Giulia lavorava come commessa in un negozio di oggetti per la casa e spesso pativa la lontananza con Gabriele. Era gelosa quando lui non c'era. Quando sapeva che fotografava modelle…Sapeva che era del tutto irrazionale e si sentiva egoista, ma non riusciva, proprio non ce la faceva, nonostante si rendesse conto di quanto Gabriele la amava e che mai l'avrebbe fata soffrire. Anche lui era geloso, certo! Giulia era bellissima, con quei capelli castani lisci come spaghetti e la frangetta fitta che metteva

9

in risalto ancor di più i suoi occhi verdi, e in negozio veniva spesso ammirata e corteggiata…

Erano riusciti a comprarsi una casa a poco più di venticinque anni entrambi, avevano un lavoro sicuro e la testa a posto. Come potevano essere così immaturi in quelle situazioni? Non se lo spiegavano, ma purtroppo era così e poi da una lite per una stupidaggine si finiva a litigare per altre sciocchezze. Era un continuo battibeccare.

«Non credo Sibilla, ormai siamo due estranei sotto lo stesso tetto, ed è una brutta, bruttissima sensazione.»

L'anziana vicina lo guardava con quei suoi occhietti piccoli, ma tanto, tanto profondi.

«Devo chiederti un grosso favore ragazzo, e spero tanto che mi dirai di sì.» Gabriele era perplesso, ma la ascoltò con attenzione.

«Devi prendere il mio Billy con te, io purtroppo non sono molto lucida come tu sai. Non vorrei, insomma…Rischio che me lo portino via. A causa della malattia potrei involontariamente trascurarlo e…non voglio che finisca di nuovo al gattile! Voglio saperlo con persone che gli vogliono bene, e tu e Giulia siete come una famiglia per me...» Gabriele si sporse un po' in avanti e prese le mani rugose della donna tra le sue.

«Sibilla, mi creda; vorrei farlo ma non posso. Io e Giulia ormai...» le parole quasi gli morirono in gola ma poi riuscì a continuare, «anche se viviamo ancora insieme non siamo più una coppia e non possiamo prenderci cura di Billy.» La donna non riuscì a trattenere le lacrime. Gabriele era scosso, mai l'aveva vista così vulnerabile. Le perdite di memoria, questo sì. Non li riconosceva a volte se li vedeva in giardino, ma mai aveva visto questa sofferenza nei suoi occhi.

«Te lo chiedo per favore Gabriele. Non lasciare che portino via il mio Billy. Non farmi morire con questo peso sul cuore.» Gabriele annuì, non poté fare altrimenti. Dopo pochi minuti erano d'accordo: sarebbe passato a prendere Billy uno di quei giorni. Avrebbe adibito un angolino tutto per lui.

Quando uscì di casa, Sibilla sentì il cuore più leggero, mentre il cuore di Gabriele ebbe un sussulto quando vide fuori dalla porta la sua

Giulia che, a quanto pareva, aveva aspettato
che lui se ne andasse, per passare anche lei a
trovare l'anziana vicina.
Si guardarono per alcuni secondi imbarazzati,
ma poi si limitarono a salutarsi appena, colmi
di quello stupido orgoglio che li stava solo
rovinando...

Capitolo due
Con quello sguardo un po' così

Giulia non sapeva perché si trovava di fronte all'ingresso del canile. Continuava ad ascoltare gli abbai e l'uggiolare dei cani che sprigionavano da dentro. Aveva sempre sognato di avere un dolce Fido con sé, e spesso ne aveva anche parlato con Gabriele, fino a che non avevano cominciato a litigare, ad avere incomprensioni, e allora avevano lasciato cadere la cosa. Era appena stata dalla signorina Sibilla, le sembrava più serena, chissà di cosa avevano parlato lei e Gabriele…Lo avevano nominato solo una volta mentre sorseggiava il suo caffè.

«Risolverete tutto, tesoro, ne sono sicura. E poi vedrai che bella sorpresa ti farà tra qualche giorno il tuo Gabriele. Farà bene a entrambi…»

Ovviamente Giulia non poteva sapere che Sibilla si riferiva al suo Billy e al fatto che sarebbe andato a vivere con loro. Ma non chiese nulla, pensava che fosse la sua malattia a farla parlare a sproposito. Si limitò a sorriderle, e poi, prima di andarsene, le posò un bacio sulla fronte. Non aveva più i nonni Giulia e in fondo lei colmava quel vuoto.

Alla fine decise di entrare e, imbarazzata, cominciò a guardarsi intorno. Si avvicinò a lei un signore di mezza età dallo sguardo gentile.

«Buongiorno signorina, è qui per un'adozione?» domandò il signore.

Giulia tentennò per un momento. Perché era lì? In realtà neanche lei lo sapeva.

«Veramente no…volevo solo…Mi scusi, vado via subito.» Fece per allontanarsi ma l'uomo la fermò.

«Se vuole fare un giro e conoscere i nostri cani, senza secondi fini, ne sarei ben felice. Io mi chiamo Bruno e sono il responsabile del canile.» Le porse la mano, e Giulia l'accettò.

«Molto piacere Bruno, io sono Giulia e sì, mi piacerebbe, grazie infinite.» Il signor Bruno in cuor suo sapeva che sarebbe poi tornata presto, perché quando si osservano quegli occhi al di là delle sbarre dei piccoli cancelli, ci si innamora di loro, è inevitabile, diceva spesso. Le fece indossare un cartellino con su scritto "visitatore" e la accompagnò.

Giulia notò molte persone che si prendevano cura di loro. Il signor Bruno le spiegò che molti erano volontari che ogni giorno, appena avevano un momento libero, venivano a portare i cani fuori per far fare loro una piacevole passeggiata. Giulia si rasserenò, non poteva pensare a quei meravigliosi esseri indifesi tutto il giorno chiusi in quelle celle, confortevoli questo sì, ma pur sempre di gabbie si trattava.
A un certo punto un insistente uggiolare attirò in modo particolare l'attenzione di Giulia. Notò al dì la di un piccolo cancello un batuffolo nero come pece. Gli occhi si intravedevano appena perché brillavano quasi a sembrare due rubini, grazie al gioco di luce dei raggi del sole. Non poteva resistere a quello sguardo! Ma la cosa che davvero la spinse ad avvicinarsi a quella creatura, era il modo in cui cercò senza sosta di farsi notare ancor di più rispetto agli altri ospiti a quattro zampe. Si muoveva, si dimenava e scodinzolava talmente tanto che quasi ebbe paura di veder volar via la sua coda. Era adorabile.
Quando fu davanti al piccolo cancello, Giulia si abbassò alla sua altezza. Notò che a lato c'era

un piccolo cartello con su scritto "Holly, cane molto vivace ma docile."

«Posso accarezzarla?» domandò al signore.

«Ma certamente, e se vuole posso darle un guinzaglio, così può portarla un po' a spasso.»

Giulia annuì. Passò la mano tra le sbarre e la posò al di sotto del muso come le aveva sempre insegnato suo padre quando era bambina: «mai posare il palmo sulla testa, il cane potrebbe spaventarsi e mordere!» Se lo ricordava bene, anche perché andavano spesso a trovare i nonni che avevano vissuto fino alla fine dei loro giorni in un grande cascinale e avevano ai tempi un collie meraviglioso. Non riusciva a non pensare spesso a Jack e al rapporto unico instaurato con i suoi nonni. Le mancavano molto tutti e tre. I suoi genitori non le avevano mai preso un cane, dicevano sempre: «Hai Jack, è come se fosse anche nostro!» Vivevano in un appartamento in centro ad Acqui Terme e non se la sentivano di averne uno. Non li biasimava di certo ma adesso era sola e non aveva nessuno a cui rendere conto. Ma a quel pensiero si incupì. Viveva in una villetta con giardino, ma ancora non sapeva per quanto. Lei e Gabriele si stavano lasciando…

A quel contatto con la piccola Holly però sentì una scossa, aveva capito che non poteva lasciarla lì. C'era stata alchimia tra loro sin da subito e poi, quando se la trovò tra le braccia fuori da quella piccola prigione, non poterono più fare a meno l'una dell'altra.

Bruno capì e ne fu felice. Aveva predetto che sarebbe tornata. Dopo i dovuti controlli, solo due giorni, e poi Holly sarebbe diventata la compagna di vita di Giulia. Solo due giorni, non erano tanti.

Capitolo tre
Un nuovo inizio per Billy e Holly

E due giorni passarono velocemente anche per Gabriele. Due giorni tristi, in quella casa con Giulia senza parlarsi, senza quasi guardarsi…Come poteva finire tutto così? La notte passata l'aveva sentita piangere. Lui dormiva nella cameretta che un giorno sarebbe stata di quel figlio di cui tanto avevano parlato, ma che mai sarebbe arrivato, invece. Ora era un posto triste dove dormire, lontano da colei che pensava essere l'amore della sua vita. Ascoltava quei singhiozzi e di istinto si era alzato per avvicinarsi alla porta chiusa della loro camera, dove tante volte si erano amati incondizionatamente. Appoggiò solo la fronte e le mani, ma non entrò. Rimase lì in silenzio per un po', finché stanco non decise di tornare in quel letto piccolo e freddo senza lei vicina.

Quando la mattina seguente si svegliò, sentì la porta di casa aprirsi e chiudersi. Capì che Giulia era uscita e così si alzò. Si preparò velocemente per andare al negozio di animali a comprare tutto l'occorrente per portare a casa Billy. Sarebbe passato dalla vicina subito dopo aver sistemato tutto. Era deciso a prendere il gatto con sé, senza pensare a cosa avrebbe detto Giulia. Non poteva deludere quella donna, voleva a tutti i costi aiutarla. Quando avrebbe perso del tutto la memoria era sicuro che non sarebbe più bastata l'infermiera ogni giorno a casa con lei, l'avrebbero sicuramente portata in un istituto. Non aveva nessuno, non c'era altra scelta.

Un'ora più tardi Giulia chiese il permesso al suo capo di potersi allontanare dal negozio per poter anch'essa prendere le cose che le servivano. Nel primo pomeriggio sarebbe andata al canile a prendere Holly. Ovviamente il suo capo, la signora Melina, non ebbe niente da dire.

«Vai tranquilla cara e prenditi tutta la giornata, oggi non c'è molta affluenza, me la caverò da sola.»

«Grazie Melina.» Finì di sistemare le ultime cose e si allontanò. La signora Melina sapeva di lei e il suo fidanzato, come la signorina

Sibilla. A dire il vero gli unici allo scuro di tutto erano i genitori di entrambi i ragazzi. Non l'avrebbero presa bene. Erano amici tra loro, andavano spesso al Palladium a ballare il liscio e avevano visto crescere i loro ragazzi, mettersi insieme al liceo, innamorarsi…Non volevano dar loro un dolore simile, ma sapevano che prima o poi avrebbero dovuto dire la verità. Per il momento facevano finta di nulla in loro presenza, anche se non era facile mentire.

All'ora di pranzo Gabriele chiuse il negozio e, dopo aver portato a casa la lettiera e il trespolo che tanto amano i gatti, andò dalla vicina.

«È davvero sicura?» Questa fu la domanda di Gabriele, non appena Sibilla gli aprì la porta. Era lucida mentre l'infermiera dietro di lei le appoggiò una mano sulla spalla per infonderle coraggio.

«Caro ragazzo, non sono mai stata tanto sicura di una cosa in vita mia. Prima o poi me l'avrebbero portato via. Purtroppo sono malata, non posso più prendermene cura.»

«Le prometto che ogni giorno passerò a trovarla e lo porterò con me, oppure verrà lei...» Troppe emozioni per Gabriele ultimamente. Aveva la voce spezzata.

«Lo so, sei un bravo ragazzo. Un brav'uomo! Giulia è fortunata e anche tu lo sei. Presto ve ne renderete conto nuovamente! Ma ora è Billy che non aspetta altro che stravolgere un po' le tue giornate.» Gli strizzò l'occhio mentre lo diceva. Billy ora era tra le sue braccia. Guardò la sua padrona come se volesse salutarla, dandole una zampata sul naso, come se sapesse che non era un vero e proprio addio. Gabriele si stupì, perché non aveva mai avuto un animale domestico e ancora non sapeva cosa Billy aveva in serbo per lui.

Nello stesso momento, entrambi ignari di tutto, Giulia era al canile. Mise il guinzaglio a Holly e strinse la mano al signor Bruno, promettendogli che si sarebbero visti per vedere come si sarebbe ambientata la dolce barboncina che si supponeva avesse all'incirca due anni, abbandonata un giorno di pochi mesi prima proprio lì davanti al cancello del canile, in una notte piovosa. Non aveva un microchip prima, e nessuno mai aveva saputo niente della sua vita...Ma la sua vera vita cominciava da capo, come se fosse rinata una seconda volta, proprio in quel momento.

Capitolo quattro
Di razza o no, non fa alcuna differenza

Gabriele e Giulia arrivarono e si avvicinarono
alla porta di casa nello stesso momento.
Gabriele con in braccio Billy, Giulia con in
braccio Holly. Si avvicinarono, fino a trovarsi
una di fronte all'altro sconcertati, mentre i due
furbetti si osservavano curiosi. Poco ci mancò
che si parlassero.
«Che diavolo significa?» domandò Gabriele.
«Potrei farti la stessa domanda» rispose Giulia
impettita.
«Stai per entrare in casa nostra con un cane,
Giulia…»
«E tu stai per entrare in casa con il gatto della
nostra vicina. Quindi? Come la mettiamo?»
Gabriele cercò di mantenere la calma. Non
voleva spaventare le bestiole che intanto
continuavano a guardarsi curiose.
«Giulia, ascolta: quel cane deve tornare da
dove lo hai preso subito! Billy rimarrà con noi
per volere della signorina Sibilla che non può
più accudirlo come si deve. Sai benissimo

anche tu che è malata. Mi ha chiesto un favore, non posso portarlo indietro, lo capisci? E ora dimmi: hai una scusante migliore della mia per caso?»

Ora la guardava sornione. La sua era una buona causa. Un gatto adottato al gattile, senza un pedigree, contro una barboncina di razza per di più con un guinzaglio di strass al collo! Era davvero ridicolo!

«Certo, come al solito vuoi essere padrone della situazione! Gatto randagio trovato dai responsabili del gattile, contro barboncina abbandonata da ignoti in un freddo giorno di pioggia davanti al canile durante la notte…E dimmi Gabry: cosa vuoi fare una gara?»

Gabriele rimase toccato dalle sue parole. A quanto pareva essere un esemplare di razza non ti rendeva immune dalla crudeltà delle persone. In tutto questo buffo battibecco non si erano accorti che Billy e Holly nel frattempo erano riusciti ad avvicinare i loro musi per annusarsi. Giulia e Gabriele sorrisero felici per quella effusione che trasudava dolcezza, e poi per un momento si guardarono e sentirono i loro cuori scalpitare per un istante. Un istante che però venne bruscamente interrotto dal loro stupido orgoglio.

«Bene, a quanto pare nessuno dei due andrà da nessuna parte» asserì Giulia.

«Per la prima volta dopo tanto tempo vedo che siamo d'accordo su qualcosa. Nulla da dire al riguardo» controbatté Gabriele. Aprirono la porta di casa, ancora inconsapevoli di come la loro vita sarebbe cambiata con quei due vivaci e testardi esserini che non sempre sarebbero stati così innocenti come a loro invece sembrava, osservandoli annusarsi…

Capitolo cinque
Pronti a far danni, ma sempre con il cuore

Gabriele creò una piccola apertura sulla portafinestra che portava in giardino, altezza cane e gatto, così quando loro non erano in casa Billy e Holly potevano uscire in giardino e rientrare quando volevano. Per i primi giorni cercarono di abituarli per brevi momenti a stare da soli quando non c'erano, e tutto sommato sembrava che si tollerassero abbastanza bene. Anzi: andavano d'accordo, forse troppo d'accordo! Specialmente quando insieme, senza ovviamente sapere chi dei due avesse cominciato, rientrati solo dopo una mezz'ora di prova il secondo giorno, avevano trovato il rotolo della carta igienica completamente sventrato e piccoli, umidicci e mangiucchiati pezzetti di carta praticamente ovunque nel salotto.

«Non può essere stata Holly» aveva detto Giulia sicura di sé.

«E come fai a esserne sicura? E poi stai già dividendo i ruoli? Holly è il tuo cane e quindi perfetta, Billy il mio gatto e per questo dovrebbe fare danni? No davvero, fammi capire, sono curioso» continuò Gabriele incrociando le braccia e sovrastandola. Certo che era davvero bello. Quegli avambracci e quel viso serio mentre la guardava con quegli occhi neri e grandi…Cercò di ricomporsi subito. Era bello sì, ma insopportabile ed egoista! Per fortuna erano andati a vivere insieme senza sposarsi! Come poteva pensare di passare il resto della sua vita con un amore conosciuto al liceo? Il suo primo e unico ovviamente, mentre lui da ragazzino, prima di lei, si dava da fare insomma. Di baci ne lasciava in giro. Solo baci però, perché a quindici anni avevano fatto l'amore per la prima volta loro due…Cacciò di nuovo questi pensieri romantici dalla testa e lo guardò stranita. Anche Gabriele sembrava perso nei suoi pensieri, ma era più bravo di lei a nascondere le emozioni.

«Vedi che pensi sempre male? Volevo solo dire che di solito questi sono danni che fanno i gatti, tutto qui, uomo di mala fede che non sei altro.»

E terminò tirandogli un lieve pugno sul braccio.

«Ora devo andare ad aprire il negozio» disse allontanandosi da Giulia scocciato.

«Io ho delle ferie da smaltire e Melina è stata così gentile da concedermi questi giorni.»

«Meglio, visto che nel fine settimana sarò via per lavoro. Ho un servizio fotografico.»

«Ma certo, uno di quei calendari con la bella bionda di turno e le poppe al vento!»

«A dire il vero no, ma non capisco: non stiamo più insieme, ci siamo lasciati anche se ancora abitiamo sotto lo stesso tetto, quindi cosa ti importa?» In tutta questa diatriba non si erano accorti che dal rotolo della carta igienica sparpagliato in ogni dove, Billy si era lanciato in una nuova attività che consisteva in una faticosa arrampicata sulle tende, mentre Holly che da sotto lo incitava cominciando ad abbaiare e a scodinzolare in maniera insistente. I due dovettero smettere per forza di litigare, ma Giulia si sentì così soddisfatta da quella scena che fu lei quella volta a incrociare le sue esili braccia. Si girò verso Gabriele nuovamente e come una delle migliori attrici americane degli anni venti, sfoderò un sorriso a dir poco birichino e disse: «Direi che questa è un prova. Holly due, Billy zero.» E poi si ridestò cercando in tutti i modi di far scendere Billy, mentre Gabriele scrollò il capo e uscì dalla porta.

Capitolo sei
Ululare alla luna

Il fine settimana era movimentato a dire poco.
Diciamo pure che Billy non era proprio
entusiasta della passeggiate che Giulia faceva
fare a Holly. In quei momenti poco gli
importava che un gatto non andava in giro, se
non un po' in giardino, come un cane per fare i
suoi bisogni. Lui era avvantaggiato, aveva una
cassettina tutta sua, ma quando in quei
momenti era solo poco gli importava avere
questo privilegio, e allora ne combinava di
guai. E quando vedeva Holly tutta tronfia
tornare dalla passeggiata, un po' le soffiava.
Allora Giulia si apprestava a togliere gli
ennesimi pezzi di carta igienica sparsi ovunque,
decidendo che forse era il caso di toglierla dal
porta rotolo in bagno e magari riporla in uno
scaffale chiusa al sicuro. Certo, doveva
ricordarselo ogni volta!
Allora lo prendeva in braccio e gli diceva: «Su,
non fare il gelosone. Vedrete che senza quel
guastafeste di Gabriele ci divertiremo un

mondo questo fine settimana. Per prima cosa stasera verrà a trovarci la mia amica Anna: sapete che ci conosciamo da quando siamo piccole? E poi domattina andremo da Sibilla a prendere il caffè, sarà felice di vederti Billy e sarà felice di conoscerti Holly!» Si sentiva un po' ridicola a parlare loro come se fossero degli umani, ma non poteva farne a meno. Si era affezionata moltissimo e averli vicini colmava un po' il suo cuore dolorante. Presto avrebbero dovuto dire ai loro genitori che si erano lasciati e che quando sarebbero riusciti a vendere la casa, ognuno avrebbe continuato per la propria strada. Anche Holly e Billy si sarebbero separati e questo le dispiaceva, ma non c'erano soluzioni alternative. Le venne da piangere ma cercò di trattenersi, fino a quando non ricevette la telefonata dell'agente immobiliare che le disse che due famiglie erano interessate e volevano venire a vedere la casa. Dopo quella chiamata il suo cuore si lacerò ancora di più, ma Holly e Billy non la lasciarono neppure un momento. Billy rannicchiato vicino, Holly con il muso premuto tra le sue ginocchia. E fu così fino a che la sua amica Anna non bussò alla porta con due enormi pizze in mano.

Non appena Giulia le aprì, Anna capì subito che la sua più cara amica non stava bene per niente. Posò i cartoni delle pizze sul tavolino a lato dell'ingresso e la abbracciò di slancio. Stettero così per almeno un minuto buono, fino a che Giulia non cominciò a calmarsi. Andarono in cucina seguite da Billy e Holly, incuriositi da questa nuova ospite e anche un po' affamati, desiderosi di ricevere anche loro la loro razione di pappa. Anna non fece neppure in tempo a sedersi che aveva già Billy sulle ginocchia e Holly seduta ai suoi piedi con il muso appoggiato sulla sua coscia, a bearsi poi delle coccole che questa simpatica amica non centellinava neanche un po'. Fino a che ovviamente il rumore della confezione delle crocchette e il rumore della latta contenente la pappa al pollo non li distrasse, facendoli catapultare ai piedi di Giulia, seduti e col petto dritto, ad aspettare che le loro ciotole venissero riempite. Si abbuffarono alla velocità della luce come se non mangiassero da giorni, non provavano nessuna vergogna!

Anche Giulia e Anna cominciarono a mangiare la pizza.

«Allora, per telefono non ho capito molto bene: praticamente lo stesso identico giorno, nello stesso esatto momento, vi siete trovati di fronte alla porta di casa, tu con una barboncina del canile e Gabriele con il gatto della vicina…Mah?» Anna sembrava un po' stupita. Sapeva che si stavano lasciando e non capiva il perché di quella novità.

«Gabriele è molto affezionato alla signorina Sibilla e come sai non sta affatto bene, andrà a peggiorare. Billy sarebbe stato riportato al gattile. Per Holly la storia non è molto diversa. È una trovatella e non me la sono sentita di lasciarla lì, c'è stata una forte intesa tra noi sin da subito.»

«E questo mi è chiaro. Quello che invece non capisco è cosa diavolo ci facevi al canile. Perché ci sei andata?» Giulia si pulì la bocca con il tovagliolo mentre rifletteva un attimo sulla domanda della sua amica. Anche se in realtà sapeva già la risposta.

«Mi sono sentita più sola che mai in quel momento. Stavo realizzando che tra me e

Gabry era davvero finita, e non so, andare lì, dare un po' di conforto a quelle creature così sole...» Anna sorrise.

«Lo capisco, non c'è bisogno che tu dica altro. Può essere che avere in casa loro vi aiuti a ritrovare quella complicità che avete perso. Siete innamorati da quando siete ragazzini, non può finire tutto, Giulia!»

«Purtroppo è così, invece. Non siamo più quei ragazzini. Eravamo così piccoli, ma la vita sotto lo stesso tetto ti cambia! Lui ha un lavoro che lo tiene molto impegnato, io anche con il negozio, ma per lo meno la domenica sono a casa. Gabry invece è spesso via anche nel fine settimana. Finché ognuno viveva a casa propria, eravamo più uniti, non sentivo così tanto la sua mancanza. So che sembra assurdo ma è così! E poi è come un circolo vizioso, si comincia a litigare anche per delle sciocchezze! Non siamo fatti l'uno per l'altra. Non siamo più quei ragazzini. Vivendo insieme lo abbiamo capito, per lo meno.» Giulia parlava, ma in realtà non sentiva davvero quel che diceva. In cuor suo sapeva di amarlo ancora, ma si stavano facendo solo del male. Non erano

pronti per questo passo importante, e mai lo
sarebbero stati... Anna cercò di consolarla
come meglio poteva, ma non era proprio
un'esperta in relazioni sentimentali. Era una
single convinta, ma non cieca da non capire
quanto amore provavano quei due testardi.
All'improvviso l'ululare deciso di Holly che
proveniva dal giardino le distrasse. Sia lei che
Billy erano usciti fuori, ma erano troppo prese
a parlare per accorgersene. Giulia non aveva
ancora sentito un barboncino ululare come un
lupo e incuriosita andò a vedere. Anna la seguì
sospettosa.
Fuori era buio e ancora piuttosto freddo
nonostante fossero agli inizi di aprile.
Accese la luce fuori per vedere meglio quel che
stava accadendo e, quando si accorse, rimase
impietrita. E Anna non fu da meno.
«Billy, metti subito giù quel passerotto, da
bravo, su!» Era immobile, non si avvicinava
per non agitare Billy, ma soprattutto quel
povero uccellino indifeso che per lo meno
grazie al cielo era vivo, visto che notava lo
sfarfallio delle ali. Holly non era di certo
d'aiuto visto che continuava a ululare alla luna

come un lupo mannaro che assiste a una scena orripilante. Anna non fece un passo. Entrambe non sapevano davvero cosa fare.

«Billy, lascia subito andare quel povero passerotto.» continuò Anna decisa.

Billy era immobile, non sembrava che lo stesse stringendo. Forse lo aveva preso per un gioco. Però era un felino e come tale un predatore.

A un certo punto Holly passò dall'ululato a un abbaio molto forte, mai aveva abbaiato così. E allora Billy mollò la presa ed entrò in casa spaventato, con Holly al seguito, tutta eccitata dalla monelleria a dir poco macabra alla quale le ragazze avevano appena assistito.

Senza pensarci due volte si avvicinarono all'uccellino che non sembrava ferito, ma talmente terrorizzato che non riusciva a volare. E fu così che terminarono la serata alla clinica veterinaria situata a mezz'ora da casa di Giulia, aperta "h ventiquattro", dove il passerotto venne medicato per un leggero graffio, ma nulla di più. Lo avrebbero tenuto lì per la notte in una confortevole gabbietta per riprendersi dallo spavento e la mattina seguente lo avrebbero rimesso in libertà.

Anna riaccompagnò Giulia a casa, si salutarono promettendosi di rivedersi presto. Poco prima di salire di nuovo nella sua macchina però le disse: «Direi che…con Holly e Billy in casa tu e Gabriele…non avrete più il tempo di litigare. Neppure i miei due nipoti sono così…Terribili!» Le strizzò l'occhio divertita e salì. Giulia le rispose semplicemente: «Grazie, sei davvero un'amica!» Poi entrò in casa. Billy era sotto il tavolo della sala che la guardava preoccupato, come se sapesse di aver fatto una marachella imperdonabile. E Holly vicina con uno sguardo indifferente come a voler dire: «Io non c'entro nulla! È stato lui!» Si accasciò sfinita sul divano, facendo il gesto a Billy di salire sulle sue gambe. Lo ammonì con lo sguardo ed era certa che avesse capito. Abbassò il muso e appoggiò il capoccione sul suo ventre. Holly salì anch'essa e si rannicchiò da un lato. Per lo meno avrebbe avuto qualcosa da raccontare a Gabriele che non includesse una delle loro solite sonore litigate...

Capitolo sette
L'inizio della fine

Di solito quando Gabriele era lontano da casa per un servizio fotografico, non sentiva la mancanza di Giulia. Sapeva che sarebbe tornato, sarebbero stati insieme, abbracciati sul divano a guardare tv spazzatura per farsi due risate, avrebbero fatto l'amore…
Non ne sentiva la mancanza proprio perché sapeva che era sua. Sapeva che comunque si sarebbero sempre ritrovati. Ma adesso invece, non erano più una coppia. Sarebbe tornato a casa CON lei e non DA lei. Adesso sì che ne sentiva la mancanza, ma sapeva anche che era del tutto normale. Stavano insieme dall'età di quindici anni, erano compagni di classe e di banco. Adesso ne avevano venticinque, Giulia era stata la prima ragazza con cui aveva fatto l'amore, ed era del tutto normale sentirsi così perso. Ma si sarebbe abituato. Erano troppo giovani e ancora adesso lo erano. Quell'amore, quella passione adolescenziale, ora era stata allontanata dalla consapevolezza di non essere

fatti l'uno per l'altra. Troppe stupide litigate, gelosie…Non era normale. Un rapporto di coppia sano e maturo non precludeva il risentimento continuo. Quella tristezza nel lasciarsi era dovuta all'abitudine di stare insieme. Alla paura dell'ignoto. Al non conoscere davvero una vita senza accanto l'unica persona con cui si era sempre stati.

Il lavoro lo teneva impegnato, soprattutto in quel fine settimana. Un fine settimana strano in cui una nuova collega, una ragazza simpatica che oltretutto condivideva la sua stessa passione per la fotografia, lo invitò a uscire. Anche lei abitava ad Acqui Terme, ma nel centro storico. Era solo una cena tra colleghi, e lo avrebbe aiutato a distrarsi. Per questo accettò, anche se un senso di colpa lo colpì forte al petto.

Non stava facendo nulla di male. Non stavano più insieme. Condividevano solo lo stesso tetto fino a che non sarebbero riusciti a vendere il loro ex nido d'amore. E se anche Giulia avesse cominciato a uscire con qualcuno? Forse proprio con quello stronzo bell'imbusto che con la scusa di cambiare caffettiere, andava spesso al negozio e se la mangiava spudoratamente con gli occhi. Lo aveva visto, era bastata una volta per capire. Ma ora non aveva più importanza, no? Se lui era libero di avere un appuntamento, lo stesso valeva per Giulia. Ma allora perché sentiva tanto male al cuore?

«Gabriele, ci sei?» domandò Vanessa, la sua collega per quel servizio fuori porta.

«Ma certo, scusami, dicevi?»

«Ci vediamo venerdì verso le venti?»

«Perfetto, passo a prenderti a quell'ora.» Non le aveva detto che viveva ancora con la sua ex. Non era il momento.

«Ti scrivo qui il mio indirizzo e il mio cellulare.» E fu così che Gabriele accettò quel bigliettino, mentre su di un altro scrisse anche il suo di numero. Questo era davvero l'inizio della fine...

Capitolo otto
Piccoli incidenti, accompagnati dai ricordi

La domenica mattina Giulia si presentò a casa di Sibilla, con la speranza nel cuore che ancora una volta la riconoscesse.
«Giulia, tesoro mio! E il mio Billy! Ti trovo benissimo piccolino! Ma, aspetta, e questa meravigliosa creatura dal manto nero chi è?» domandò l'anziana signora felice di vederli.
«Buongiorno Sibilla, lei è Holly. Arriva dal canile. Devo dire che lei e Billy vanno molto d'accordo, forse anche troppo. Strano tra cane e gatto.»
«Ne avranno passate dio solo sa quante in passato, e avere una compagnia, un compagno di vita, di giochi e d'amore che ti vuole bene è tutto. E gli animali lo capiscono. Sono molto più intelligenti di quel che pensiamo. Ma adesso entra cara. Il tuo caffè caldo ti aspetta.»
Una volta sedute, e mentre Billy e Holly assaporavano qualche biscotto, cominciarono a chiacchierare. Questa volta però Sibilla passava da momenti di lucidità a momenti in cui il suo

sguardo era perso nel vuoto. A Giulia si strinse il cuore.

«Allora cara: come vanno le cose con il tuo Gabriele?»

«Nulla di nuovo, come sa ci siamo lasciati e adesso abbiamo messo in vendita la casa. A metà settimana verranno le prime persone che hanno contattato l'agenzia immobiliare alla quale ci siamo rivolti per vederla e speriamo bene…»

«Speriamo bene cosa , cara? Che qualcuno decida di comprarla, oppure che nessuno si azzardi a farlo?» La domanda spiazzò Giulia. In realtà non sapeva cosa rispondere, ma puntò su l'unica risposta plausibile.

«Che la comprimo in fretta.» Sibilla la guardò sospettosa, mentre accarezzava amorevolmente Billy che ora era seduto sulle sue gambe.

«Vi voglio bene come se foste i miei figli e spero di essere ancora lucida quando quel giorno suonerete alla mia porta dicendomi che ci avete ripensato e che state di nuovo insieme. Sarebbe un bel regalo. Il pensiero di non ricordarvi più fa tanto male al cuore, ma il pensiero magari di vedervi, mano nella mano, e di pensare che bella coppia quei due giovani, sarebbe bellissimo. Perché nonostante non saprò più chi siete, la vostra immagine sarà ogni volta una bellissima e nuova scoperta.» Avrebbe tanto voluto esaudire il desiderio della signorina Sibilla, una donna che forse per scelta non si era mai legata a nessuno, anche se in realtà non lo sapeva, non ne aveva mai parlato, era troppo concentrata su di loro. Era una ex insegnante e l'unica volta che parlò un po' più di sé era per raccontare loro di quegli ex alunni, che erano stati per lei come figli. Gabriele aveva accettato di portare via con sé Billy, l'aveva resa felice. Giulia invece sarebbe uscita da quella porta senza renderla felice, purtroppo...

Arrivò presto sera, nonostante la fitta pioggia non aveva permesso a Giulia di potersi godere una bella giornata di riposo in giardino con Billy e Holly. Passò il pomeriggio a guardare Licia Colò, alternando la tv alla lettura di un romanzo di Amy Harmon, "Sei il mio sole anche di notte." Che grande storia d'amore, pensò. Anche loro si erano conosciuti al liceo e dopo tristi vicissitudini erano riusciti a stare insieme per sempre. Mentre lei e Gabriele, spesso per delle sciocchezze, litigavano ininterrottamente fino a che un giorno iniziarono a non sopportare più la presenza uno dell'altra. Purtroppo era così…

Con la sua cioccolata calda in mano, pensava e ripensava, fino a che sia Holly che Billy non drizzarono le orecchie avvicinandosi alla porta d'ingresso. Erano buffi quei due. A volte Billy si comportava come un cane e Holly come un gatto. Erano davvero fantastici.

Dopo circa un minuto sentì la macchina arrivare e parcheggiare sul vialetto. Avevano percepito l'arrivo di Gabriele ancor prima. Con un gesto involontario si sistemò un po' i capelli, si sentiva un disastro! Non che le importasse qualcosa, ovviamente!

Non appena Gabriele entrò, Holly cominciò una serie di acrobazie per attirare tutta l'attenzione su di sé, ma Billy non fu da meno. Cominciò a strusciarsi sulle sue caviglie rischiando di farlo cadere. Erano davvero divertenti e a Giulia scappò un sorriso spontaneo.

Gabriele non fu di certo indifferente a questo
bel benvenuto e fece loro tutte le carezze che si
meritavano. Solo dopo riversò l'attenzione su
Giulia, che seduta sul divano aveva ancora la
tazza di cioccolata in mano.
«Se continui a bere cioccolata calda ti verrà un
sedere enorme!» affermò con un sorriso
divertito e provocatore. In cuor suo a dire il
vero si pentì di quella battuta di pessimo gusto,
ma era comunque un modo per interagire con
lei, per evitare un imbarazzante silenzio,
peggiore delle loro stupide discussioni spesso
senza senso. Era pur sempre un dialogare.
Giulia dal canto suo lo osservò truce e con una
calma e una grazia che le appartenevano tutte,
posò la tazza, si sollevò dal divano,
incuriosendo anche Billy e Holly che le
andarono incontro per riservare anche a lei le
stesse attenzioni prima riservate a Gabriele,
camminò fino a che non fu di fronte a lui.
Sollevò infine un po' il capo e gli disse: «E
anche se fosse che ti importa? Tanto non è più
di tua proprietà il mio didietro», continuò poi
ancheggiando e indicandolo con un gesto del
dito, «non sarai più tu a palpeggiarlo.»

45

Gabriele ebbe un lieve sussulto a quella affermazione. Serrò la mascella, e Giulia se ne accorse e sorrise compiaciuta. Ora nella testa di Gabriele l'immagine di un altro uomo che le metteva le mani addosso...Lui era stato il primo a baciarla, il primo ad accarezzarla e a toccarla sempre più intimamente, a baciarla ovunque...Ogni dannato centimetro di quel meraviglioso corpo era stato suo. Ma non più. Tutto stava per finire. Giulia sarebbe finita tra le braccia di un altro, un giorno. Doveva difendere il suo cuore ferito, dimostrandole che non gli importava più nulla, ma quando cercò di controbattere senza staccare neanche per un attimo i suoi occhi da quelli di Giulia, un rumore assordante proveniente dalla cucina, lo bloccò di colpo. Preoccupati, si guardarono intorno e notarono subito che Holly e Billy non erano più lì con loro. Corsero in cucina e videro il disastro che era stato compiuto in quanto tempo? Poco più di cinque minuti? I cocci del barattolo dello zucchero erano sparpagliati in ogni dove e lo zucchero...Ci sarebbero voluti giorni per eliminare fino all'ultimo granello. In tutto questo Billy era ancora sulla mensola che li guardava con le orecchie basse (non aveva neanche avuto il buon gusto di scappare!), mentre Holly leccava…

«Oddio Holly!! Non mangiare lo zucchero! Gabry, il dolce è veleno per i cani!!», urlò prima rivolgendosi alla golosa barboncina e poi a Gabriele che rimase per un attimo interdetto. Gabriele cercò di tranquillizzarla, dicendole di non preoccuparsi, che non sarebbe accaduto nulla.

Ma Giulia non lo sentiva. Prese in braccio Holly e poi si avvicinò al telefono per chiamare la veterinaria del canile e dirle cosa doveva fare. Non sapeva quanto zucchero avesse ingoiato. Gabry prese Billy e lo portò in sala per cominciare a togliere i cocci del barattolo e lo zucchero da terra, per evitare che si ferissero le zampe. Giulia tornò in cucina.

«La veterinaria mi ha consigliato di portarla in clinica, e con questa siamo a due!»

«Cosa significa che con questa siamo a due?»

«Ti racconto dopo, ora vado a vestirmi.»

Gabriele tolse alla belle meglio lo zucchero dal pavimento, si avvicinò velocemente all'ingresso e prese le chiavi. Giulia scese con Holly al seguito, diedero un pacca amorevole a Billy e pregarono mentalmente che al loro ritorno non trovassero altri guai.

«Adesso mi vuoi dire cosa intendevi con "e con questa siamo a due?» domandò Gabriele mentre guidava. Holly era dietro e ogni tanto Giulia si girava a guardarla per accertarsi che stesse bene.

«Ieri sera è venuta Anna, stavamo mangiando una pizza e a un certo punto abbiamo sentito Holly che ululava come un lupo.» Gabriele non trattenne una risata e così non poté evitarsi uno sguardo di rimprovero da Giulia accompagnato a una decisa pacca sulla gamba che fece uno schiocco sonoro.

«Ahia, sei anche violenta» affermò Gabriele concentrato alla guida ma con quel sorriso burlone che non lo abbandonava.

«Non fare lo spiritoso! Quando siamo uscite fuori abbiamo visto Billy con in bocca un piccolo e innocente passerotto! Per fortuna si è spaventato dall'abbaio di Holly e ha mollato la presa!»

«Hai detto che Holly stava ululando...» continuò per prenderla un po' in giro. Doveva ammettere che era a dir poco adorabile, purtroppo...

«Sì, certo, prima ululava, poi abbaiava...Oh, insomma! Mi stai mandando in confusione! Ti dicevo che ha mollato la presa, ma abbiamo deciso di portare il povero sfortunato passerotto alla clinica, non volava: era terrorizzato!»

«Questa è una storia da raccontare a tutti! E poi, arrivate in clinica?»

«Per fortuna stava bene, lo hanno tenuto solo quella notte per poi rimetterlo in libertà il giorno dopo.» Giulia non parlò più. Si limitò a controllare Holly e a indirizzare il suo sguardo fuori dal finestrino.

«Hai fatto bene a portare quel povero passerotto in clinica, non tutti lo avrebbero fatto.» Era un complimento, ma non fu più detto altro da entrambi. Giulia guardava fuori assorta nei suoi pensieri. Gabriele guidava e ogni tanto con la coda dell'occhio la osservava. Una volta alla clinica tutto fu veloce ed efficiente: Holly era stata visitata, e la veterinaria si limitò a prescrivere dei fermenti lattici nel caso avesse avuto disturbi, e delle gocce da mescolare al cibo per depurare l'intestino.

Tornarono a casa stanchi, ma felici che Holly stesse bene e che Billy non avesse combinato guai.

«Secondo me Billy ha capito che non stavamo portando Holly a fare una passeggiata, altrimenti non mi spiego il suo comportamento impeccabile. Di solito è geloso di lei quando rientriamo in casa» asserì Giulia.

Gabriele non era molto convinto di quella affermazione. Amava gli animali, ma era più razionale rispetto a Giulia. Erano pur sempre animali, per lui. Ma annuì, non aveva proprio voglia di provocarla in quel momento. Era serena perché la sua Holly stava bene, aveva capito quanto si era affezionata a entrambi e provò un senso di profonda stima e tenerezza.

«Dai, preparo una cioccolata.»

«No grazie, non mi va» rispose Giulia.

«Giulia, scherzavo quanto ti ho detto…»

«Oh no, tranquillo! Non importa quello che pensi del mio sedere, mi sembra di averti già chiarito il concetto! Comunque una camomilla sarebbe perfetta, e falla anche per te, magari ti aiuta a rilassarti un po'» disse mentre si avvicinò a lui. Troppo, troppo vicina alla sua bocca…«Così se ti rilassi, magari saranno anche meno evidenti quelle piccole rughette che ti sono spuntate ai lati della bocca.» Andò a sedersi sul divano lasciandolo impietrito. Rughette? A venticinque anni? Ma come si permetteva? Poi capì, si stava vendicando. Non c'era molto da fare, l'ultima parola doveva essere sempre la sua. Gli teneva testa, eccome! Era sempre stato così, dal primo giorno.

«Ti ricordi cosa mi hai detto il primo giorno delle superiori, non appena mi sono seduto vicino a te?» le domandò, mentre si avvicinava per sedersi di fianco a lei.

«E come potrei dimenticare! Avevi un brufolo talmente tanto grande sulla guancia sinistra, e io ero proprio seduta da quel lato, che non potevo non farti notare che se proprio dovevi stare seduto vicino a me, per lo meno avremmo dovuto cambiare di posto. Sembrava che stesse per scoppiare da un momento all'altro e avevo paura che…bleeeee, mi esplodesse in faccia!» cominciarono a ridere entrambi.

«Io, in quel momento avevo capito che…»

«Che eri innamorato di me…» terminò Giulia la frase.

«E tu di me, visto che fiero, senza battere ciglio, mi ero spostato…»

«Bei e buffi ricordi» sibilarono all'unisono. Ma quando si ridestarono, Gabriele si alzò per andare a preparare la camomilla con Holly al seguito. Mentre Billy si accoccolò sul divano di fianco a Giulia. Questa volta i ruoli si erano invertiti. Non erano più il barboncino di Giulia e il gatto di Gabriele. Erano di entrambi. E a quel pensiero sia Gabriele che Giulia ebbero un tuffo al cuore, perché sapevano che presto li avrebbero separati.

Capitolo nove
Come se nulla fosse cambiato, o quasi…

Prima o poi quella serata sarebbe dovuta
arrivare. Per non destare sospetti, visto che non
si erano più fatti vedere insieme, invitarono i
loro genitori a cena, così avrebbero colto anche
l'occasione di far conoscere loro Holly e Billy.
Almeno su una cosa erano entrambi d'accordo:
non avrebbero detto nulla della loro decisione
di lasciarsi fino a che non fossero riusciti a
vendere la casa.
«Gabry, Giuly, io capisco che due animali
danno tanto amore ma…Quando ci farete
diventare nonni?» Maria, la mamma di Giulia,
non pensava ad altro. Non le importava che
avessero solo venticinque anni e fossero presi
dal lavoro, no! Lei voleva diventare nonna! Per
fortuna Adriana, la mamma di Gabriele,
cercava di farla ragionare ogni tanto, e
nonostante spesso avessero opinioni divergenti
andavano molto d'accordo, accomunate da anni
di passione per il ballo liscio. Antonio, il
marito di Maria e papà di Giulia, e Enrico, il

marito di Adriana e papà di Gabriele, ridevano spesso divertiti da quei battibecchi, ma non osavano intromettersi.

Giulia e Gabriele pensarono che la risposta giusta quella volta non sarebbe stata che era presto perché troppo giovani. In realtà sarebbe stata: mai! Per lo meno fino a che un giorno non avrebbero incontrato la persona giusta. E un'altra fitta al cuore li colpì, e proprio in quel momento avevano avuto lo stesso pensiero e si guardarono spaesati e impauriti. Per un attimo si sorrisero complici, ma poi dovettero tornare alla dura realtà: non andavano più d'accordo, non trovavano più un punto di incontro.

Giulia si preoccupò di far mangiare Billy e Holly, cercando di travisare il discorsino di sua madre e lasciando l'incombenza di ribattere a Gabriele, il quale non mancò di riservarle uno sguardo minaccioso.

«Maria, lo sai che lavoriamo molto e...»

«E siamo giovani, e lavoriamo molto, e vogliamo ancora divertirci, e bla, bla, bla; le solite scuse! Come non detto, non importa! Prima o poi cederete e allora, quando stringerete il vostro bambino tra le braccia, vi

domanderete perché avete aspettato tanto!»
Ormai era partita per la tangente e tutti
sapevano che l'unica soluzione possibile era
ignorarla, sedendosi a tavola e riempiendole il
piatto con una abbondante porzione di lasagne
al ragù. Era una buona forchetta e quindi
l'unico modo per distrarla. Funzionava sempre.
Anche Giulia si sedette dopo aver dato a
ognuno la propria porzione; ovviamente Billy e
Holly erano seduti fermi come due statue ai
piedi del tavolo, come se non avessero
mangiato nulla aspettavano che qualche piccola
prelibatezza cadesse sotto il loro naso.
La cena proseguiva serenamente: Enrico
parlava con il figlio del negozio e del fatto che
non per molto ancora avrebbe continuato a
seguirlo insieme a lui, soprattutto quando era
via per dei servizi fotografici. Anche Enrico era
stato, ed era ancora adesso, un bravissimo
fotografo che aveva insegnato al figlio tutti i
trucchi del mestiere, appresi benissimo, tanto
da superarlo di gran lunga in bravura. Cosa che
rendeva il padre molto orgoglioso. Ma ora
cominciava a essere stanco, l'età avanzava, e
voleva godersi il meritato riposo.

«Troverò presto qualcuno che possa stare in negozio quando mi capita di fare qualche servizio durante la settimana papà, non devi preoccuparti. Per il resto posso cavarmela da solo.» Giulia sapeva che in realtà Gabriele lavorava molto, oltre ai servizi e allo stare dietro ai clienti, sviluppava lui tutte le foto di quei clienti che preferivano ancora il rullino al digitale. Era un negozio ancora vecchio stampo, di cui lui andava fiero. Spesso aveva proposto a Giulia di lasciare il suo lavoro di commessa per stare con lui e aiutarlo nella sua attività, così avrebbero passato più tempo assieme e non spesso distanti nonostante vivessero sotto lo stesso tetto. E Giulia per un po' ci aveva anche pensato, ma non se l'era sentita di lasciare il suo lavoro. Gabriele ovviamente la capiva, ma non lo condivideva. Forse proprio da quei momenti erano cominciati i primi battibecchi. Entrambi ebbero lo stesso pensiero, perché si riservarono uno sguardo sfuggente.

I genitori raccontarono delle loro serate di ballo, e i soliti pettegolezzi che animavano ancor di più quelle serate mondane. Giulia osservava i suoi genitori e non poteva fare a meno di pensare a quanto avrebbe voluto essere come loro un giorno, così uniti e ancora molto innamorati. Gabriele ebbe lo stesso pensiero osservando i suoi genitori.

Più tardi si salutarono, e quando rimasero di nuovo soli poterono tranquillamente smettere di far finta di essere felici. Erano stati bravi a recitare quella parte, li avevano ingannati ma per il loro bene. Avrebbero trovato le parole giuste per spiegar la loro decisione. Certo, due coppie di genitori, impegnati com'erano nelle loro passioni, non era stato difficile fingere che tutto andasse bene, ma gli occhi sospettosi di due piccoli amici che condividevano con loro casa, non erano facili da convincere.
Giulia si allontanò dalla porta e salì le scale fino ad arrivare al piano di sopra. Holly la seguì fino al bordo del letto dove Giulia si sedette a guardar fuori dalla finestra.
Gabriele la guardò, immobile, per tutto il tempo in cui lei salì le scale. Quel corpo bello e sinuoso che lui conosceva troppo bene. Un

corpo che aveva visto crescere e cambiare. Diventare una donna…

Salì anche lui le scale in silenzio e Billy lo seguì. Si fermarono entrambi sull'uscio della porta della camera. Billy entrò e saltò sulle gambe di Giulia che per niente stupita lo accarezzò.

«Deve mancarle molto Sibilla» disse con una punta di tristezza.

«In un certo senso manca anche a me, nonostante sia qui a due passi. Non so, ho come la sensazione…»

«Come la sensazione che non ci sia più. Come se la sua malattia la stesse allontanando sempre più, fino ad arrivare a quel maledetto giorno in cui non ricorderà nulla di noi…». Si fermò un attimo e poi continuò: «quel maledetto giorno in cui non penseremo più a noi…» Gabriele aveva capito che Giulia si riferiva alla fine di molto, molto di più. Per loro Sibilla non era solo una semplice anziana vicina di casa. Era la donna che, come i loro genitori, aveva assistito al loro amore. Quella donna che ogni domenica mattina andavano a trovare per darle un po' di conforto. Era più che un'amica, la consideravano come una nonna.

Entrò e si passò una mano sul viso. Non si avvicinò troppo, superò di poco l'uscio della porta.

«In questo momento andiamo d'accordo. Siamo più uniti e simili di quel che pensiamo…Perché non possiamo essere sempre così? Non riesco a farmene una ragione.»

«Perché è solo il nostro di amore che conosciamo. La paura di stare l'uno senza l'altra è dovuta all'ignoto. Non abbiamo mai avuto altre esperienze. Tu non sei mai stato con un'altra ragazza e io non sono mai stata con un altro ragazzo. Credo sia solo abitudine, insomma» asserì alzando lievemente le spalle. In realtà non era sicura di quello che stava dicendo, ma non voleva alimentare false speranze. Gabriele si sentì ferito da quella affermazione. Avrebbe voluto dirle che era una stupida e che stava dicendo un mucchio di stronzate, ma non le avrebbe dato questa soddisfazione. Era cocciuta e testarda.

«Ho conosciuto una ragazza, una collega a dire il vero, durante il mio ultimo servizio e…la porterò a cena fuori. Un vero appuntamento! Poi ti saprò dire se quel che mi hai appena detto è proprio così.» La guardò dritto negli occhi. Quegli occhi che non si aspettavano una pugnalata del genere, ma non gli importò. Le diede la buonanotte e si allontanò.

Giulia rimase lì, impietrita. Billy ancora tra le braccia, fino a che non saltò giù per raggiungere Gabriele. Holly invece la guardava con quegli occhietti piccoli, neri ed espressivi. Gabriele l'aveva ferita, come lei aveva ferito lui, d'altronde. Non era di certo un tradimento, non stavano più insieme. Forse anche per lei era arrivato il momento di voltare pagina, una volta per tutte.

Capitolo dieci
Non proprio inaspettati disastri

I giorni passavano tranquilli, anche se dopo il loro ultimo battibecco qualcosa si era spezzato ancor di più. Continuavano la loro vita, andavano a trovare Sibilla che purtroppo sempre più spesso non si ricordava di loro, ma riconosceva ancora il suo Billy. Erano presi dal proprio lavoro e continuavano a mentire ai loro genitori, anche se sapevano che quel mentire sarebbe durato ancora per poco.

Un mercoledì dopo pranzo che doveva essere come tanti, era stato un pugno allo stomaco, invece.

Entrambi chiusero il negozio per recarsi a casa e ricevere la prima visita di futuri nuovi proprietari. Erano decisi a venderla.

Quando la coppia di anziani arrivò con l'agente immobiliare, Holly cominciò a ringhiare in maniera a dir poco spaventosa.

«Holly, smettila subito, ma che ti prende?» affermò Gabriele con aria di rimprovero. A quanto pareva la vivace ma dolcissima Holly, per difendere la sua proprietà, era diventata territoriale, trasformandosi sul serio in un lupo! Giulia era un po' scioccata, ma cercò di distrarla in ogni modo possibile, soprattutto quando vide l'aria spaventata dei tre.

«Prego, entrate pure, non morde, non preoccupatevi.» Mentre lo diceva la prese anche in braccio, perché a vederla non poteva esserne sicura.

Quando entrarono, dopo le dovute presentazioni del caso, Gabriele cominciò a guardarsi intorno alla ricerca di Billy. Dove diavolo era sparito? Un attimo primo era lì, e non era di sicuro uscito, visto che a parte in giardino, non metteva il muso fuori di casa da solo.

Cercò di concentrarsi sui visitatori, che si guardavano intorno e sembravano piacevolmente colpiti. In fondo Giulia aveva un gran bel gusto. Aveva scelto lei l'arredamento, di certo lui non ci avrebbe mai messo il becco. La casa era calda e accogliente, proprio come Giulia…Ma come poteva avere di certi pensieri? Un sorrisino ebete gli spuntò in viso, e solo dopo si accorse che tutti, compresa

Giulia, lo guardavano. L'agente immobiliare gli aveva chiesto una cosa, ma lui era in un'altra dimensione in quel momento.

«Scusate, ero distratto.»

«Non si preoccupi, stavo solo confermando con lei il prezzo pattuito...»

«Ma certo, rimane sempre quello» disse con un sorriso forzato. Quando l'agente si spostò al piano di sopra per far vedere le camere, Giulia gli diede una gomitata.

«Stavi pensando alla tua nuova amichetta con quel sorriso da ebete? Come è andato l'appuntamento?» domandò Giulia strafottente, ma in cuor suo avrebbe voluto tirargli un pugno dritto in faccia.

In realtà non sapeva che no, non stava pensando all'appuntamento con quella ragazza che non avrebbe più rivisto. Aveva troppi difetti! I denti erano un po' troppo sporgenti, gli occhi troppo vicini, si vestiva in maniera discutibile, rideva come un'oca...No, uscendoci a cena una sola volta qualche giorno prima, aveva notato tutti questi difetti che appena conosciuta non aveva visto. Oppure era solo una scusa...Di certo non avrebbe detto a

Giulia che stava pensando al calore del suo corpo nudo avvinghiato al suo...

«Benissimo» affermò bugiardo.

«Contenta per te. Anche il mio appuntamento con Luigi è stato perfetto!» disse anche lei bugiarda. Non era uscita con quel ragazzo ancora, ma forse lo avrebbe fatto. Stava solo anticipando una cosa che ancora doveva accadere, tutto qui! Solo che Gabriele a sentire quel nome per poco non imprecò. Era quel Luigi, quello che spesso andava in negozio con la scusa di comprare una caffettiera solo per guardare la sua donna!

Ovviamente la scena di loro che si stuzzicavano, che si provocavano, ancora fermi in fondo alle scale, non passò inosservata ai visitatori, e a Billy e Holly, che dalla cima delle scale li guardavano. Ma Holly un attimo prima era in braccio a Giulia, poi l'aveva fatta scendere. Preoccupata si precipitò su nella speranza che non avesse morso o fatto guai!

Gli occhi dei tre estranei erano ancor più stupiti e forse sembravano anche preoccupati, ma quando anche Gabriele raggiunse Giulia ed entrambi guardarono lungo il piccolo corridoio che separava le stanze, e sembrò loro di essere entrati nella pellicola del film "Shining", capirono che gli occhi vitrei degli ospiti non erano tanto rivolti a loro quanto alla scena assurda.

Ovviamente Giulia e Gabriele non ci misero molto a capire. Lo sgabuzzino a lato non aveva ancora una porta, ma bensì una tenda scorrevole e il barattolo di vernice era rovesciato. Vernice rossa color sangue che in un angolo del muro della sala faceva tanto Natale, qui sembrava più la scena di un delitto, in cui un cadavere veniva occultato, ma il sangue rimaneva ancora lì fresco e in bella vista. Ovviamente Giulia qualche giorno prima aveva fatto qualche ritocco all'angolo della sala visto che si era formata un po' di muffa, perché voleva che tutto fosse perfetto per i futuri proprietari. Solo che mettendo a posto il barattolo sullo scaffale in basso e forse non chiudendo proprio bene il coperchio, Billy che si arrampicava dappertutto, magari aveva scontrato questo secchiello pieno per metà e appoggiato un po' in bilico. Non ne avevano le prove, ma non poteva essere altrimenti.

Gabriele si portò le mani sul viso e imprecò dentro di sé di non aver più controllato lo sgabuzzino.

«Giulia, ti avevo detto di non toccare la vernice e ovviamente non mi hai dato retta e ora guarda che disastro!»

«Se tu avessi mantenuto la promessa di ritoccare quell'angolo non ci avrei pensato io, ti pare? Ma come al solito ti sei dimenticato! Mister penso a tutto io!» continuò Giulia mimando delle virgolette con le mani per prenderlo in giro. E continuarono la loro buffa litigata senza quasi accorgersi delle parole dell'uomo dell'agenzia.

«Forse è il caso che torniamo in un altro momento!» disse rivolgendosi ai signori che annuirono scioccati, imbarazzati, ma forse anche un po' divertiti.

I due continuarono a battibeccare, ma ci pensarono Billy e Holly a farli smettere, semplicemente cominciando a camminare sulla vernice e cominciando a zampettare amabilmente su e già per le scale.

E fu così che Gabriele e Giulia dovettero: uno, chiamare il padre per un improrogabile

contrattempo chiedendogli gentilmente di aprire il negozio al posto suo. Due, Giulia non poté far altro che chiamare in negozio e dirsi fortemente dolorante perché indisposta.
Dopo un bagno apprezzato da Holly, ma non proprio gradito da Billy, la casa da quel momento odorò per diversi giorni a seguire di acqua ragia, portandoli a dover rinviare le visite di altri possibili inquilini.

Capitolo undici
Ricordi unici e indimenticabili

Gabriele aveva proprio bisogno di bere una birra con il suo amico di vecchia data Francesco, mentre Giulia era a casa della sua amica Anna a cena. Era davvero frustrato, e chi meglio di lui lo capiva? Gli avrebbe dato ragione come sempre.

«Stai facendo un mucchio di stronzate, Gabry.»

Ecco, appunto, come non detto!

«In teoria dovresti supportarmi.»

«Ma non lo capisci?»

«Capire cosa?» domandò Gabriele, prima di sorseggiare l'ultimo goccio di birra.

«Il cosmo sta cercando di dirti qualcosa…»

«Di un po': ma da quando in qua spari certe stronzate?»

«Da quando vedo il mio migliore amico, che per me è come un fratello, mandare a puttane una storia d'amore con una delle ragazze più belle e speciali che ci siano.» Gabriele ebbe un tuffo al cuore.

«Tu e Giulia siete perfetti insieme. Avete un periodo no, e allora? Vi amate da quando eravate poco più che bambini, eravate inseparabili, in classe, in comitiva. Tu non hai mai guardato nessuna come guardi lei, e viceversa! Non hai idea della fortuna che hai avuto.»

«Sentire parlare te d'amore mi lascia un po' allibito. Tu hai occhi solo per le modelle che fotografi» affermò Gabriele divertito dal sentire il suo amico e collega parlare così.

«Lo so, è vero, ma io sono fatto così, siamo diversi in questo, ma ho gli occhi per vedere e per capire che tu sei felice solo se stai con lei, e se vi lascerete farete una grandissima cazzata!»

«Ci siamo già lasciati…»

«Stronzate! Se così fosse non vivreste ancora sotto lo stesso tetto. Per lo meno uno dei due se ne sarebbe andato, e invece siete sempre qui, avete pure un cane e un gatto, usate la scusa del vendere la casa, ma in realtà state solo prendendo tempo. Sei uscito con quella fotografa bella da togliere il fiato e hai inventato un sacco di stronzate sul suo aspetto, quando in realtà il motivo è solo che ami un'altra.» Con quella ragazza non era stato di compagnia e non c'era stato bisogno per entrambi di dirsi che non avrebbe mai funzionato, era facilmente capibile. E invece Giulia con quel Luigi? Continuava a vederlo? Il pensiero lo tormentava ma non ne parlò con Francesco, non voleva alimentare la discussione.

Passarono una serata piacevole a ridere per gli aneddoti divertenti riguardanti Billy e Holly, a come era bello averli in giro per casa nonostante ne combinassero di tutti i colori. Nel paese vicino ad Acqui Terme la situazione non era molto diversa: Giulia e Anna passarono una serata piacevole a chiacchierare e a quanto pareva il pensiero di Anna non era molto diverso da quello di Francesco. In cuor loro sapevano che si amavano ancora, anche se non volevano ammetterlo.

Più tardi a casa, Giulia trovò Gabriele addormentato sul divano; a quanto pareva Francesco doveva essere andato via già da un po'. Holly e Billy erano troppo stanchi anche solo per avvicinarsi alla porta; si limitarono a osservarla continuando a stare stravaccati ai piedi del divano. La tv era accesa a basso volume e creava un piacevole gioco di luce sul viso di Gabriele.

Giulia si avvicinò e si accucciò per accarezzargli il viso e coprirlo, ma sussultò quando lui le bloccò la mano e deciso le domandò se con quel ragazzo faceva sul serio. Giulia abbassò lo sguardo e imbarazzata confessò.

«Ti ho detto una bugia, non sono mai uscita con quel ragazzo. Ci ho pensato ma non l'ho mai fatto.» Gabriele capì che questa bugia era stata portata dalla sua ammissione. Solo che lui era veramente uscito con quella ragazza. E si sentì terribilmente in colpa.

«Non c'è stato niente, solo una cena ed è finita ancor prima di cominciare. Non l'ho neppure baciata.» Giulia sentì il cuore più leggero.

«Ti ricordi il nostro primo bacio?» domandò Gabriele sollevandosi per sedersi. Giulia si sedette vicino a lui.

«E come potrei dimenticarlo? Ti ho dato un morso così forte che per poco non svenivi dal dolore!» Cominciarono a ridere. In realtà erano i ricordi più belli che conservavano, perché di lì in poi era stato solo un crescendo di emozioni.

«E la prima volta che abbiamo fatto l'amore…dio, eravamo così spaventati ma emozionati…» continuò Giulia.

«Era stato perfetto.»

«Già, perfetto.»

«Come è possibile, eravamo così uniti…»

«Le cose possono cambiare Gabry, noi siamo cambiati…»

«Sì è vero noi siamo cambiati, ma i sentimenti per te…quelli non cambieranno mai, Giuly.»

«Neanche i miei cambieranno, ma non cambia il fatto che qualcosa tra noi si è spezzato e non so se potrà essere…» Non poté continuare, perché Gabriele la baciò, portandola a cavalcioni su di sé e stringendola tra le sue braccia. Holly cominciò a uggiolare debolmente, Billy scappò di sopra un po' spaventato da quel balzo improvviso, di certo non avevano intenzione di fare alcun danno. I loro padroni sembravano andare molto d'accordo in quel preciso momento.

Fu un bacio lungo e intenso che Giulia ricambiò con la stessa veemenza e passione, ma che allo stesso tempo la rattristò. Quel contatto, le mani di Gabriele che avevano cominciato ad accarezzarla ovunque…Sarebbe stata una sofferenza ancora più grande non sentirle più su di sé, dopo quel momento.

Giulia fece un po' di pressione con le mani sul petto di Gabriele per staccarsi da lui. Gabriele capì e si bloccò di colpo.

«Giulia ascoltami, in questo periodo ho pensato tanto a quanto siamo stati ridicoli ad arrivare a questo punto. Cercavo di convincermi che era la cosa migliore lasciarci, che non aveva più senso stare insieme, che se crollavamo in quel modo assurdo per dei stupidi litigi, forse non eravamo più innamorati come un tempo. Forse era solo un primo amore destinato a finire, ma poi il pensiero di noi lontani stava diventando ancora più insopportabile. Siamo ancora qui, ed è chiaro che abbiamo cercato in tutti i modi di allontanarci per farci ingelosire come due stupidi ragazzini.»

Giulia lo osservava e in cuor suo sapeva che aveva ragione, anche lei pensava spesso al passato, a quanto erano stati innamorati, e a quanto lo erano ancora adesso. Solo che ora i loro sentimenti puri erano stati trascurati, perché impegnati in una vita completamente diversa.

«Sembra assurdo lo so, ma quando eravamo solo due adolescenti sembrava tutto più facile, gestivamo le situazioni con più maturità, e siamo riusciti anche a tenere lontane quelle stupide oche che in corridoio a scuola si avvicinavano sempre a te...» Gabriele scrollò il capo divertito a quei ricordi e rispose: «Be', se è per questo anche io ho avuto il mio da fare per tenere distante quel bell'imbusto che ancora adesso viene in negozio solo per poterti ammirare! Solo che mai, neanche per uno stupido scherzo, mi avevi detto che ci saresti uscita per un appuntamento.»

«In mia difesa posso dire che è stato il primo che mi è venuto in mente, perché dopo che il mio cuore è andato in mille pezzi a saperti con un'altra a fare chissà cosa, non potevo non farti ingelosire e arrabbiare per bene!» affermò sicura.

Gabriele la guardò truce, ma poi si rasserenò: effettivamente se l'era cercata. Entrambi se l'erano cercata.

«Non è successo niente con quella ragazza e…Su una cosa saremo per lo meno d'accordo…»

«Se ti riferisci al fatto che siamo due idioti direi che sono perfettamente d'accordo con te.»

«Allora basta farci del male.»

«No, basta.»

«Possiamo riprovarci, venirci incontro e quando qualcosa ci dà davvero fastidio o ci crea disagio, dobbiamo parlarne subito, ti pare?»

«Hai ragione, possiamo essere di nuovo Noi. Il solo pensiero di non stare più con te…»

«Ssshhh, lo so, non pensiamoci più. Vieni qui.»

Gabriele strinse ancora forte Giulia a sé e, senza alcuna fatica, si sollevò dal divano con lei in braccio e la portò di nuovo nella loro stanza, dove tante volte si erano amati, dove tante volte si sarebbero ancora amati…

Capitolo dodici
E poi arrivò anche il caffè della sera…

Tutto sembrava tornato alla normalità tra
Giulia e Gabriele, forse erano ancor più uniti di
prima. La quotidianità con Billy e Holly era
spesso piena di imprevisti e di sorprese, di
certo non si annoiavano.
Gabriele aveva assunto part-time un ragazzo
molto in gamba come commesso che lo
avrebbe sostituito solo quando era via per
qualche servizio fotografico, così suo padre
avrebbe potuto concedersi il meritato riposo.
Giulia continuava il suo lavoro in negozio, ma
si era trovata sempre più spesso a pensare alla
proposta di Gabriele, sul fatto di lavorare con
lui. Gabriele lo gestiva molto bene anche da
solo, ma faceva i salti mortali e spesso lo
vedeva molto stanco. Un senso di colpa
riaffiorò per quelle stupide gelosie senza senso,
e per non aver capito prima che se stava spesso
fuori nel fine settimana era soprattutto per non
perdere quei servizi tanto importanti che lo
facevano guadagnare bene. Nonostante la loro

giovane età, vivevano una vita agiata, grazie al lavoro di entrambi, ma soprattutto al lavoro extra di Gabriele.

Erano sul divano a guardare la tv abbracciati. Gabriele le accarezzava i capelli.

«Questo fine settimana devo stare via per un servizio di moda ad Alessandria, perché non vieni anche tu?» le domandò. Era la prima volta che le chiedeva di andare, aveva sbagliato a non farlo mai prima, forse non avrebbero avuto quel periodo di stacco se l'avesse coinvolta da subito. Non era certo intenzionale il suo escluderla, la vedeva spesso stanca, in fondo, anche lei stava fuori casa per lavoro molte ore, e sapeva che nel fine settimana le piaceva andare a fare compere in centro, dedicarsi al giardino e poi c'era la loro vicina: quel caffè la domenica mattina era importante anche per lei. Aveva un gran cuore Giulia, e anche Gabriele. Quelle domeniche la signora Sibilla non aveva mai incredibilmente nessun vuoto di memoria, e sembrava sempre se stessa. In quei momenti la malattia non la rendeva irritabile. I suoi modi erano sempre dolci, gentili e il pensiero che quella terribile malattia l'avrebbe completamente trasformata un giorno li rendeva malinconici.

«Ma come facciamo con Holly e Billy? Non me la sento di chiedere ai nostri genitori di tenerli.» Nel sentire i loro nomi i due aguzzarono le orecchie curiosi.

«Li porteremo con noi. La pensione in cui alloggeremo accetta gli animali. Dai amore, sarà divertente e finalmente vedrai che non c'è nulla di losco nel fotografare ragazze magre come grissini.» Le fece l'occhietto. Era davvero irresistibile e con il passare del tempo acquistava ancor più fascino e virilità. Ovviamente accettò, facendo però promettere che una volta tornati, sarebbero passati dalla signorina Sibilla per un caffè della sera. Giulia sperò ancora, con tutto il cuore, che la sua memoria non la tradisse del tutto ancora per molto, moltissimo tempo.

Capitolo tredici
Per sempre insieme

Di certo non avevano valutato attentamente il
viaggio in macchina: da Acqui Terme a Torino
erano circa due ore. La sera, non appena Giulia
chiuse il negozio, mangiarono un panino al
volo e poi con Billy e Holly al seguito
partirono. Non fu proprio una passeggiata,
insomma! Billy vomitò per ben due volte nel
confortevole trasportino che avevano adibito
per lui, ma che evidentemente per il gatto non
era poi così confortevole. Si dovettero fermare
per ripulire tutto e per fortuna Giulia aveva
diverse copertine di scorta. Holly praticamente
ululò e uggiolò per tutto il viaggio in maniera
non proprio lieve. Era intenzionata a sedersi
davanti, in braccio a Giulia, e neppure la
cintura di sicurezza agganciata
scrupolosamente alla sua pettorina era servita a
farla rimanere ferma. Ovviamente non ne
potevano più di tutto quel frastuono.
«Giuly, tienila in braccio, tanto manca poco,
siamo quasi arrivati.» Era evidente che

Gabriele non ne poteva più, e d'altronde come biasimarlo?

Non potevano continuare così. Le sarebbe venuto di certo un infarto, povera piccola!

Allora Gabriele accostò in una piazzola di sosta sull'autostrada, cosicché Giulia sganciò Holly e la accompagnò delicatamente ai suoi piedi, le sembrò più giusto così, non poteva tenerla in braccio. Per fortuna andò bene anche a lei e poterono ripartire.

Gabriele cominciò a sorridere divertito da tale situazione.

«Io credo che qualche corso di disciplina non le farebbe male.»

«Non esagerare Gabry, noi non sappiamo quello che ha passato prima, ci vuole un po' di comprensione, in fondo guardala: ora è accoccolata ai miei piedi ed è bastato questo per tranquillizzarla.»

Era vero, ma quando dallo specchietto guardò per un attimo l'espressione vitrea di Billy stordito dagli effetti di luce delle gallerie, gli aveva fatto capire che per lui invece sarebbe decisamente stato l'ultimo viaggio in macchina. Un cane e un gatto avevano modi di

vivere e di fare completamente diversi e di
certo un gatto via per lavoro o in vacanza con
la famiglia non era di certo un'idea sensata.
Billy era un gatto casalingo, in tutto e per tutto,
ora ne avevano avuto ancor di più la conferma.
Quando arrivarono nella stanza affittata per
quella notte, i due piombarono in un sonno
profondo, mentre Giulia e Gabriele si goderono
il momento, uno tra le braccia dell'altro.
Gabriele aveva davvero la mente libera, si
sentiva sereno e per un attimo pensò a come
sarebbe stato il loro futuro e a quanto era felice
che entrambi si fossero concessi una seconda
opportunità. Forse erano ancora rapiti
dall'incantesimo di quei momenti unici in cui
ci si chiarisce e ci si riscopre innamorati,
sicuramente ci sarebbero stati ancora disguidi e
discussioni, ma le avrebbero affrontate
diversamente dopo quella distanza che si era
creata tra loro e che li aveva resi ancora più
uniti.
Gabriele le accarezzò i capelli, la baciò ancora
e ancora, e Giulia ricambiò con il cuore che le
scoppiava in petto. Erano innamorati da quando
erano poco più che bambini, e pian piano che il

tempo passava prendevano sempre più consapevolezza del loro corpo, di quello che li faceva sentire bene. Come Gabriele, nessuno aveva mai visto Giulia da ragazzina diventare donna.

«Non posso fare a meno di chiedermi come saremo un giorno come genitori» affermò da un momento all'altro Giulia, spiazzando Gabriele che smise di accarezzarla e la guardò intensamente negli occhi.

«A dire il vero anche io me lo domando spesso» le disse ricominciando ad accarezzarla. «Mi rendo conto che per poco non stavamo buttando via tutto quello che abbiamo vissuto insieme, e forse è ridicolo e prematuro fare di certi pensieri visto che da poco ci siamo riavvicinati, e poi…siamo ancora molto giovani, lo so. Abbiamo tutto il tempo del mondo…» Giulia arrossì. Di solito era piuttosto sfacciata e sicura di sé, invece ora arrossì.

«Io credo che il fatto di occuparci di due esserini che hanno bisogno delle nostre cure e attenzioni abbia fatto scattare qualcosa in noi. Ci ha reso più uniti. Abbiamo fatto del bene a Billy e a Holly, ma mai quanto loro ne hanno fatto a noi. Forse se non li avessimo accolti in casa nostra, adesso non saremmo qui abbracciati a dirci cose sdolcinate. Non avremmo fatto l'amore poco fa e io non ti avrei mai chiesto di venire con me per renderti partecipe del mio lavoro, che spesso ti ha creato disagio.» Ed era vero, anche Giulia la pensava così.

«E io non avrei mai preso in considerazione l'idea di lasciare il mio lavoro al negozio per lavorare con te. Per aiutarti, perché nonostante tu mi abbia sempre detto che non eri stanco, che riuscivi a gestire tutto, dentro di me sapevo che non era così. Tu mi dicevi che lavorare insieme ci avrebbe fatto stare più vicini, e mi sarei resa conto che quelle stupide gelosie tra noi erano del tutto insensate, ma io continuavo ad andare dritta per la mia strada. Sono stata stupida e forse la mia era più una sorta di ribellione senza senso nei tuoi confronti…»

Gabriele rimase colpito dalle parole di Giulia. Dal fatto che stava pensando davvero di lavorare con lui. Le baciò la fronte.

«Abbiamo sbagliato entrambi, ma poi due amici speciali sono entrati nelle nostra vita e ci hanno fatto capire che…eravamo solo due stupidi.»

«Sì, è vero. Due amici a dir poco speciali…»

Il giorno seguente Giulia si rese davvero conto che un servizio fotografico era davvero molto costruito, meccanico, e non intimo come lo aveva immaginato. Il contesto era del tutto professionale e osservarlo mentre sicuro scattava le foto alla modella che poi sarebbe apparsa in molte riviste, la rese fiera.

Ma osservarlo mentre scattava foto spensierate alla natura circostante, a lei quando pensava che fosse distratta, e ai loro beniamini che li avevano accompagnati in questo tortuoso cammino per ritrovarsi, era davvero impagabile.

La sera rientrarono tardi, ma non poterono non passare dalla loro vicina per salutarla e dirle che stavano di nuovo insieme. Quando suonarono alla porta sperarono che li riconoscesse e subito sembrò così visto il sorriso che riservò loro.

«Ma che bella coppia di giovani! Siete venuti a vivere qui da poco? E che belli i vostri animali!» Accarezzò Billy che era in braccio a Giulia e si chinò anche ad accarezzare Holly che era seduta a terra scodinzolante.

I due ragazzi si guardarono e capirono che no: non li aveva riconosciuti. Ma grazie alla loro complicità, al loro leggersi dentro, si presentarono entrambi come se fosse davvero la prima volta.

«Piacere signora, io mi chiamo Gabriele e lei è la mia fidanzata Giulia. Loro sono Billy e Holly, e siamo i suoi nuovi vicini.» Dietro di lei l'infermiera che se ne occupava amorevolmente fece loro un sorriso emozionato.

«Allora entrate su! Vi offro un bel caffè.» Giulia e Gabriele non se lo fecero ripetere, e forse ogni volta che si fossero presentati alla porta di Sibilla non sarebbe stato poi tanto male conoscersi di nuovo ogni volta…

Ringraziamenti

Ai miei figli, a mio marito, alla nostra Lili: con voi è sempre Calore di casa ♥
Ai miei genitori che non smettono mai di supportarmi.
Alle mie lettrici e alle blogger che con tanto affetto mi seguono.
Alle mie carissime amiche autrici, grazie per i vostri preziosi consigli.
A Billy, un gatto che mai dimenticherò.

www.ingramcontent.com/pod-product-compliance
Lightning Source LLC
Chambersburg PA
CBHW020547130626
46552CB00007B/2795